LES

AMOURS

DES BALS PUBLICS

DE PARIS.

VÉRITÉS SUR CES DAMES.

Par ANGE SEYVAL.

Oportet rerum cognoscere causas.

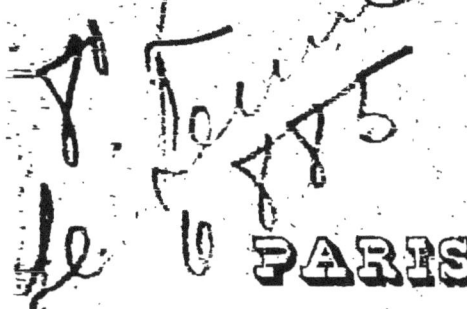

PARIS.

DESLOGES, LIBRAIRE-ÉDITEUR,
RUE SAINT-ANDRÉ-DES-ARTS, 39.

1846.

ÉVREUX. — IMPRIMERIE DE THINET ET COSTEROUSSE.

JANVIER 1846.	FEVRIER.	MARS.
Les Jours croiss. de 54 m.	Les Jours croi. d'1 h. 30 m	Les Jours croi. d'1 h. 30 m

P. Quart. le 4.   P. Quart. le 3.   P. Quart. le 4.
P. Lune le 12.   P. Lune le 11.   P. Lune le 13.
D. Quart. le 20.   D. Quart. le 19.   D. Quart. le 20.
N. Lune le 27.   N. Lune le 25.   N. Lune le 27.

jeudi	1	CIRCONCISION.	D.	1	s. Ignace.	D.	1	QUADRAGÉS.
ven.	2	s. Basile.	lundi	2	PURIFICATION	lundi	2	s. Simplice.
sam.	3	s⁰ Geneviève.	mar.	3	s. Blaise.	mar.	3	s⁰ Cunégonde.
D.	4	s. Rigobert.	mer.	4	s. Phileas.	mer.	4	QUAT.-TEMPS.
lundi	5	s. Siméon.	jeudi	5	s⁰ Agathe.	jeudi	5	s. Drancin.
mar.	6	ÉPIPHANIE.	ven.	6	s. Vaast.	ven.	6	s⁰ Colette.
mer.	7	Noces.	sam.	7	s. Romuald.	sam.	7	s. Thomas.
jeudi	8	s. Lucien.	D.	8	SEPTUAGESIME	D.	8	REMINISCERE.
ven.	9	s. Furcy.	lundi	9	s⁰ Apolline.	lundi	9	s⁰ Françoise.
sam.	10	s. Paul, erm.	mar.	10	s⁰ Scolas'ique.	mar.	10	s. Doctrové.
D.	11	s. Théodore.	mer.	11	s. Severin.	mer.	11	s. Euloge.
lundi	12	s. Frejus.	jeudi	12	s⁰ Eulalie.	jeudi	12	s. Pol, év.
mar.	13	Bapt. de J.-C.	ven.	13	s. Lezin.	ven.	13	s⁰ Euphrasie.
mer.	14	s. Hilaire.	sam.	14	s. Valentin	sam.	14	s. Lubin.
jeudi	15	s. Maur.	D.	15	SEXAGESIME.	D.	15	OCULI.
ven.	16	s. Guillaume.	lundi	16	s. Julien.	lundi	16	s. Abraham.
sam.	17	s. Antoine.	mar.	17	s. Sylvain.	mar.	17	s⁰ Gertrude.
D.	18	Ch. S. P. à R.	mer.	18	les 5 Plaies	mer.	18	s. Alexandre.
lundi	19	s. Sulpice.	jeudi	19	s. Gabin.	jeudi	19	s. Joseph.
mar.	20	s. Sébastien	ven.	20	s. Eucher.	ven.	20	s. Joachim.
mer.	21	s⁰ Agnès.	sam.	21	s Pepin.	sam.	21	s. Benoît.
jeudi	22	s. Vincent.	D.	22	QUINQUAGÉS.	D.	22	LÆTARE.
ven.	23	s. Ildefouse.	lundi	23	s. Merault.	lundi	23	s. Victorin.
sam.	24	s. Babylas.	mar.	24	Mardi Gras.	mar.	24	s. Simon.
D.	25	Conv. s. Paul.	mer.	25	CENDRES	mer.	25	ANNONCIATION
lundi	26	s⁰ Paule.	jeudi	26	s. Nestor.	jeudi	26	s. Ludger
mar.	27	s. Julien.	ven.	27	s⁰ Honorine.	ven.	27	s. Rupert, év.
mer.	28	s. Charlemagne	sam.	28	s. Romain.	sam.	28	s. Gontrand.
jeudi	29	s. Franç. de S.				D.	29	PASSION.
ven.	30	s⁰ Bathilde.		Nobre d'Or 4. Ép. 111.		lundi	30	s. Rieul.
sam.	31	s⁰ Marcelle.		Cfe. sol. 7. L. Dom. D.		mar.	31	s⁰ Balbine.

AVRIL.		MAI.		JUIN.	
Les J. croiss. d'1 h. 38 m.		Les J. croiss. d'1 h. 48 m.		Les Jours croiss. de 14 m.	
☽ P. Quart. le 3.		☽ P. Quart. le 3.		☽ P. Quart. le 2.	
🌕 P. Lune le 11.		🌕 P. Lune le 11.		🌕 P. Lune le 9.	
☾ D. Quart. le 18.		☾ D. Quart. le 18.		☾ D. Quart. le 16.	
🌑 N. Lune le 25.		🌑 N. Lune le 25.		🌑 N. Lune le 23.	
mer.	1	s. Huges.	ven.	1	S. PHILIPPE.	lundi	1	s. Pamphile.
jeudi	2	s. Franç. de P.	sam.	2	s. Athanase.	mar.	2	s. Pothin.
ven.	3	s. Richard.	D.	3	Inv. s° Croix.	mer.	3	QUATRE TEMPS
sam.	4	s. Vincent.	lundi	4	s¹ᵉ Monique.	jeudi	4	s. Optat.
D.	5	RAMEAUX.	mar.	5	Conv. s. Aug.	ven.	5	s. Boniface.
lundi	6	s. Prudence.	mer.	6	s. Jean p. Lat.	sam.	6	s. Claude, év.
mar.	7	s. Hégésipe.	jeudi	7	s. Stanislas.	D.	7	TRINITÉ.
mer.	8	s. Gauthier.	ven.	8	s. Désiré.	lundi	8	s. Médard.
jeudi	9	s° Marie Egy.	sam.	9	s. Grégoire.	mar.	9	s° Pélagie.
ven.	10	VEND. SAINT.	D.	10	s. Gordien.	mer.	10	s. Landri.
sam.	11	s. Godebert.	lundi	11	s. Mamert.	jeudi	11	FÊTE-DIEU
D.	12	PAQUES.	mar.	12	s. Epiphane.	ven.	12	s. Basilide.
lundi	13	s. Justin.	mer.	13	s. Servais.	sam.	13	s. Ant. de Pad.
mar.	14	s. Tiburce.	jeudi	14	s. Boniface.	D.	14	s. Guy.
mer.	15	s¹ᵉ Hélène.	ven.	15	s. Isidore, m	lundi	15	s. Cyr.
jeudi	16	s. Fructueux.	sam.	16	s. Honoré.	mar.	16	s. Adolphe.
ven.	17	s. Anicet.	D.	17	s. Pascal.	mer.	17	s. Avit.
sam.	18	s. Parfait.	lundi	18	ROGATIONS.	jeudi	18	OCT. FET. DIEU
D.	19	QUASIMODO.	mar.	19	s. Célestin.	ven.	19	s. Gerv. s. Pr.
lundi	20	s. Hildegonde.	mer.	20	s. Bernardin	sam.	20	s. Sylvere.
mar.	21	s. Anselme.	jeudi	21	ASCENSION.	D.	21	s. Leufroi.
mer.	22	s° Opportune.	ven.	22	s° Julie.	lundi	22	s. Paulin.
jeudi	23	s. Georges.	sam.	23	s. Didier.	mar.	23	s. Félix. v. j.
ven.	24	s° Beuve.	D.	24	Oct. a. S.	mer.	24	s. J.-Baptiste.
sam.	25	s. Marc, abs.	lundi	25	s. Urbain.	jeudi	25	Inv. S. Étien.
D.	26	s. Clet.	mar.	26	s. Béranger.	ven.	26	s. Ladislas.
lundi	27	s. Polycarpe.	mer.	27	s. Hildebert.	sam.	27	s. Crescent. vj.
mar.	28	s. Vital.	jeudi	28	s. Germain.	D.	28	s. Irénée.
mer.	29	s. Robert.	ven.	29	s. Maximin.	lundi	29	s. Pier. s. Paul
jeudi	30	s° Eutrope.	sam.	30	s¹ᵉ Emilie. v.j.	mar.	30	Com. de s P.
			D.	31	PENTECOTE.			

JUILLET 1846.	AOUT.	SEPTEMBRE.
Les Jours dim. de 56 min.	Les Jours dim. d'1 h. 36 m.	Les Jours dim. d'1 h. 42 m.

JUILLET 1846.		AOUT.		SEPTEMBRE.	
P. Quart. le 1.		P. Lune le 7.		P. Lune le 5.	
P. Lune le 8.		D. Quart. le 13.		D. Quart. le 12.	
D. Quart. le 15.		N. Lune le 21.		N. Lune le 20.	
N. L. 23. P. Q. 31		P. Quart. le 29.		P. Quart. le 28.	

	JUILLET		AOUT		SEPTEMBRE
mer.	1 s. Martial.	sam.	1 ste Sophie.	mar.	1 s. Leu s. Gille.
jeudi	2 Visit. N. D.	D.	2 s. Etienne p.	mer.	2 s. Lazare.
ven.	3 s. Anatole.	lundi	3 Inv. s. Etienne	jeudi	3 s. Grégoire.
sam.	4 Tr. S. Martin.	mar.	4 s. Dominique.	ven.	4 s. Rosalie.
D.	5 se Zoé	mer.	5 s. Yon.	sam.	5 s. Bertin, Ab.
lundi	6 s. Tranquillin.	jeudi	6 Tr. de J.-C.	D.	6 s. Onésiphor.
mar.	7 se Aubierge.	ven.	7 Sus. ste Croix.	lundi	7 s. Cloud.
mer.	8 ste Élisabeth.	sam.	8 s. Justin.	mar.	8 Nat. de N. D.
jeudi	9 s. Edmond.	D.	9 s. Spire.	mer.	9 s. Omer.
ven.	10 se Félicité.	lundi	10 s. Laurent	jeudi	10 ste Pulchérie.
sam.	11 Tr. S. Benoit.	mar.	11 se Suzanne	ven.	11 ste Hyacinthe.
D.	12 s. Gualbert.	mer.	12 se Claire.	sam.	12 s Raphaël.
lundi	13 s. Turiaf.	jeudi	13 s. Hippolyte.	D.	13 se Maurille.
mar.	14 s. Bonaventure	ven.	14 s. Eusèbe. V.J.	lundi	14 Ex. se Croix.
mer.	15 s. Henri.	sam.	15 ASSOMPTION.	mar.	15 s. Nicomède.
jeudi	16 s. Eustate.	D.	16 s. Roch. Conf.	mer.	16 QUATRE TEMPS
ven.	17 s. Sper. et C.	lundi	17 s. Mammès.	jeudi	17 s. Lambert.
sam.	18 s. Thomas d'A.	mar.	18 se Hélène.	ven.	18 s. Jean Chry.
D.	19 s. Vincent de P.	mer.	19 s. Louis, év.	sam.	19 s. Janvier.
lundi	20 ste Marguerite.	jeudi	20 s. Bernard.	D.	20 s. Eustache.
mar.	21 s. Victor.	ven.	21 s. Privas.	lundi	21 s. Mathieu.
mer.	22 se Madeleine.	sam.	22 s. Symphorien	mar.	22 s. Maurice.
jeudi	23 s. Apolinaire.	D.	23 se Sidoine.	mer.	23 se Thècle.
ven.	24 Jours canicul.	lundi	24 s. Barthélemy.	jeudi	24 s. Andoche.
sam.	25 s. Jacq. le Maj.	mar.	25 s. Louis, roi.	ven.	25 s. Firmin, év.
D.	26 s. Christophe	mer.	26 Fin des J. can.	sam.	26 se Justine.
lundi	27 s. Pantaléon.	jeudi	27 s. Césaire.	D.	27 s. Côme.
mar.	28 ste Anne.	ven.	28 s. Augustin.	lundi	28 s. Céran év.
mer.	29 s. Loup.	sam.	29 Déc. de s. Jean	mar.	29 s. Michel.
jeudi	30 s. Abdon.	D.	30 s. Fiacre.	mer.	30 s. Jérôme.
ven.	31 s. Germain.	lundi	31 s. Ovide.		

OCTOBRE.	NOVEMBRE.	DÉCEMBRE.
Les Jours dim. d'1 h. 42 m.	Les Jours dim. d'1 h. 42 m.	Les Jours dim. de 40 min.
☽ P. Lune le 4.	☽ P. Lune le 3.	☽ P. Lune le 2.
☽ D. Quart. le 12.	☽ D. Quart. le 10.	☽ D. Quart. le 10.
☽ N. Lune le 20.	☽ N. Lune le 18.	☽ N. Lune le 18.
☽ P. Quart. le 27.	☽ P. Quart. le 25.	☽ P. Quart. le 25.

	OCTOBRE			NOVEMBRE			DÉCEMBRE
jeudi	1	s. Remy.	D.	1	TOUSSAINT.	mar.	1	s. Éloi.
ven.	2	ss. Anges gar.	lundi	2	TRÉPASSÉS.	mer.	2	s. Franç. Xav.
sam.	3	s. Cyprien.	mar.	3	s. Marcel.	jeudi	3	s. Mirocler.
D.	4	s. Franç. d'As.	mer.	4	s. Charles.	ven.	4	se Barbe.
lundi	5	se Aure, v.	jeudi	5	se Berthilde.	sam.	5	s. Sabas.
mar.	6	s. Bruno.	ven.	6	s. Léonard.	D.	6	s. Nicolas.
mer.	7	s. Serge.	sam.	7	s. Wilbrod.	lundi	7	se Phare.
jeudi	8	s. Demètre.	D.	8	stes Reliques.	mar.	8	CONCEPTION.
ven.	9	s. Denis, év.	lundi	9	s. Mathurin.	mer.	9	se Gorgonie.
sam.	10	s. Géron.	mar.	10	s. Léon.	jeudi	10	se Valère.
D.	11	s. Firmin, év.	mer.	11	s. Martin.	ven.	11	s. Fuscien.
lundi	12	s. Vilfride.	jeudi	12	s. René.	sam.	12	se Constance.
mar.	13	s. Géraud.	ven.	13	s. Brice.	D.	13	se Luce.
mer.	14	s. Caliste.	sam.	14	s. Maclou.	lundi	14	s. Fulgence.
jeudi	15	se Thérèse.	D.	15	s. Eugène.	mar.	15	s. Mesmin.
ven.	16	s. Gal.	lundi	16	s. Eucher.	mer.	16	QUATRE TEMS.
sam.	17	s. Cerbonnet	mar.	17	s. Aignan, év.	jeudi	17	s. Olympe.
D.	18	s. Luc, évang.	mer.	18	se Aude.	ven.	18	s. Gatien.
lundi	19	s. Savinien.	jeudi	19	se Elisabeth.	sam.	19	s. Nemtis.
mar.	20	s. Sandou.	ven.	20	s. Edmond.	D.	20	se Adélaïde.
mer.	21	se Ursule.	sam.	21	Prés. de N. D.	lundi	21	s. Thomas.
jeudi	22	s. Mellon.	D.	22	se Cécile.	mar.	22	s. Honorat.
ven.	23	s. Hilarion.	lundi	23	s. Clément.	mer.	23	ste Victoire.
sam.	24	s. Magloire.	mar.	24	se Flore	jeudi	24	s. Delph. V. J.
D.	25	s. Crépin s. C.	mer	25	se Catherine.	ven.	25	NOEL.
lundi	26	s. Rustique.	jeudi	26	se Geneviève.	sam.	26	s. Etienne.
mar.	27	s. Frumence.	ven.	27	s. Maxime.	D.	27	s. Jean, év.
mer.	28	s. Simon.	sam.	28	s. Sosthène.	lundi	28	ss. Innocens.
jeudi	29	s. Faron.	D.	29	AVENT.	mar.	29	s. Thomas.
ven.	30	s. Lucain.	lundi	30	s. André.	mer.	30	se Colombe.
sam.	31	s. Quentin. v. j.				jeudi	31	s. Sylvestre.

LES AMOURS

DES BALS PUBLICS

DE PARIS.

I.

C'était un jeudi matin : mon père terminait une lettre de recommandation pour un de ses amis, avocat à Paris. La vieille Marianne, qui m'avait élevé, mettait l'ordre dans mes malles, Esther, ma cousine, de grosses larmes dans les yeux, tenait en silence une de mes mains, me laissant de l'autre achever mon déjeuner.

La plus grande activité préludait à mon départ, car je quittais Grey, en Franche-Comté, mon pays natal, pour aller passer un mois environ dans la capitale.

Chacun était triste : moi, seul, le cœur plein d'espérances, je voyais arriver l'instant heureux où se réaliseraient mes rêves de provincial. J'allais à Paris! à Paris, où les amours sont si faciles, où les plaisirs sont si enivrants! Oh! combien de fois j'avais senti battre mon cœur à l'idée de voir une de ces mille Péris, merveilleuses cyrènes, tout à la fois prêtresses de l'amour et de la danse, et que nous ne connaissons, au fond de notre province, que par le théâtre et leur renommée.

On m'embrassa tour à tour, en me donnant mes instructions : mon père me recommanda l'affaire qui nécessitait mon voyage ; Marianne, d'éviter le froid aux pieds et les courants d'air dans la diligence ; ma jolie cousine me dit mille choses où je crus deviner qu'elle me recommandait aussi, pour sa part, la sagesse et la fidélité. Au reste, c'était un droit que le projet d'union, formé entre nous par nos parents, lui donnait ; et je partis, un œil humide, car je n'avais jamais quitté Grey, l'autre rayonnant de joie.

Le samedi soir, j'arrivais à Paris. Après avoir développé, le lendemain, tout le luxe de ma garderobe, je me rendis chez M. C., à qui mon père m'avait adressé. M. C. était un homme d'une cinquantaine d'années. Il me reçut avec affabilité, et me pria même à dîner. Songeant que nous étions au dimanche, jour souverain de fêtes, je refusais, lorsque, persistant, M. C. m'obligea à accepter son invitation, en me disant avec son aimable bonhomie : — Un jeune homme qui vient à Paris pour la première fois, a, je le sais, peu d'instants à donner à l'amitié, tout son temps appartient aux plaisirs ; mais, entre nous, pas de façons, à sept heures, vous serez libre.

A cette condition, j'acceptai, et à cinq heures, je me mettais à table chez M. C., qui, à sept, eut lui-même la bonté de me rappeler sa promesse.

En quittant M. C., je me trouvais dans le faubourg Montmartre, où il demeurait. La soirée était déjà assez avancée, pour ne pas perdre en une longue course, des moments précieux. Je consultai la nomenclature des bals, qu'Aubinot, un ami de Grey, m'avait donnée, et l'Ermitage et l'Elysée, étant, pour ainsi dire, à ma portée, je gagnais la barrière des Martyrs, en flottant indécis entre ces deux bals ; cependant le nom du dernier me séduisit, et je me dirigeai vers l'Elysée.

Ce que c'est pourtant que l'instabilité des choses ! Autrefois il fallait descendre aux enfers pour parvenir à ce séjour des bienheureux de l'antiquité. Maintenant, il faut presque monter au ciel. Il est vrai qu'aujourd'hui, on n'est pas si exigeant que jadis : il est inutile d'exhiber ses titres à la vertu ou à la reconnaissance de l'humanité ; il suffit de se présenter muni d'une pièce de *cinquante centimes*, pourvu d'une *mise décente*, les seules closes de rigueur, pour se voir octroyer par le *Caron*, en casquette de loutre, et le cerbère, en shako municipal, le droit d'entrée dans ce paradis terrestre. Je possédais toutes ces conditions d'admission, les portes me furent ouvertes.

Tout le monde connaît la physionomie des bals publics : donner des détails sur chacun d'eux, ne serait donc que répéter ce qui a été mille fois dit, et d'ailleurs il n'entre dans le plan de cet opuscule que de coter la valeur morale des femmes qui les fréquentent.

Mon désir intime (pourquoi ne l'avouerais-je pas, l'amour est un péché si doux et surtout si excusable). Mon désir intime, dis-je, était de soumettre mon cœur au joug charmant d'une des beautés qui pullulaient dans cet Eden. Aussi d'un œil scrutateur, je parcourais toutes ces danseuses, plus ou moins jolies, plus ou moins agaçantes, quand mon attention tomba sur une jeune femme, mélancoliquement assise dans l'enceinte réservée à la danse. De longues boucles de cheveux blonds filaient sur ses joues rosées. Pleins de douceur, ses yeux bleus et languissants étaient fixés, sans désirs, sur cette foule, jeune, rieuse, insouciante, la modestie, la décence s'épanouissaient sur son joli visage et imprimaient à sa physionomie un charme indéfinissable. Près d'elle, et comme pour faire ressortir la gracieuse essence de cette jeune fille, se tenait une autre femme d'une trentaine d'années, aux traits fatigués, au regard hardi et effronté, que je sus se nommer Bathilde, — en l'entendant ainsi appeler par quelques jeunes gens.

Je crus avoir trouvé dans la jeune personne

ce que mon cœur cherchait, car déjà je me sentais entraîné vers elle, déjà, je crois, je l'adorais.

Pendant une contredanse, je m'approchai de l'astre qui venait de m'apparaître radieux, et sous le prétexte le plus frivole, j'entamai la conversation. L'astre était aimable, quoique fort réservé, sa voix douce vibrait comme un son enchanteur qui portait à l'âme.

Si cette femme se fût livrée à moi dès que je la vis, comme c'est l'habitude dans ces réunions, quelques jours, quelques heures peut-être, eussent suffi pour guérir la passion que je concevais pour elle, mais Céphise (c'était le nom de ma déité), me parut digne d'inspirer un sentiment sérieux, et de fixer un cœur aimant. Seulement je regrettais de lui voir une compagne qui semblait si indigne d'elle.

La contredanse terminée, Bathilde vint reprendre la place que j'avais assez familièrement usurpée, à côté de son amie, et que je lui restituai poliment.

Je savais qu'à Paris, les sylphides sont d'un tempérament très altéré, et qu'un verre d'eau sucrée, une carafe d'orgeat ou une *gazeuse*, sont des amorces irrésistibles pour s'attirer les bonnes grâces de ces dames. La gazeuse à l'Elisée! Mais c'est la clef de l'âme, la voie du cœur. Au fond de la gazeuse, il y a un triomphe certain : c'est déjà la fin du premier chapitre.

J'osais donc, quoiqu'avec timidité provin-
ciale, offrir ce philtre pétillant. Céphise se
défendit avec une politesse, où je crus comprendre la prudence d'une femme, qui voit un
péril qu'elle veut éviter ; mais Bathilde, qui ne
redoutait plus les dangers de la gazeuse, com-
battit pour moi et combla mon bonheur, en
assumant sous sa responsabilité ma pressante
invitation. Puis, je ne sais comment cela se fit,
j'ignore si je l'avais invité, même indirectement,
mais il se trouva placé à notre table, un certain
M. Léon, qui au mieux avec Bathilde, vida la
bouteille dans nos verres, en demanda une se-
conde, une troisième, et sans jamais s'oublier,
consomma exactement le quart de sa demande,
me laissant, avec un aplomb admirable, acquit-
ter la totalité de la dépense. J'étais en quelque
sorte le banquier de la société.

Du reste, je ne fus pas fâché de la familia-
rité de M. Léon ; car, bien qu'il me connût à
peine, et qu'il me désignât seulement par ces
mots : M. *Chose*, ou M. *Là-bas*, nous étions
presque amis intimes, et j'obtins, grâce à lui,
de partager la faveur de reconduire ces dames.
Nous sortîmes de l'Elisée avant la fin du bal ;
discrètement, Léon me précéda avec Bathilde.
Moi, je les suivais avec Céphise. Sur mon bras
reposait le bras de ma conquête : j'admirais
cette jolie main dont un gant rosé dissimulait
la blancheur ; à chaque frottement de sa robe,

tout mon être tressaillait, j'écoutais avec ravissement sa parole insinuante; elle était divine de candeur, imposante de sa pureté d'ange; c'était une perle trouvée dans le sable. En ce moment, le ciel scintillait de mille étoiles en feu, oh! j'étais heureux, bien heureux de ce premier ravissement, de cette sainte et magnétique hallucination de l'amour.

II.

En quittant Bathilde et Céphise, il fut convenu, entre M. Léon et moi, que le lendemain, à sept heures, nous viendrions prendre ces dames pour les conduire à l'Ermitage. Amoureux fou de Céphise, j'attendis le soir avec impatience. Mais l'intimité de ma nouvelle maîtresse avec Bathilde, me contrariait, je craignais de voir cette fleur précieuse se flétrir au contact de cette femme qui avait abjuré toute vertu : aussi je cherchais par quels moyens je pourrais arracher cette frêle créature au sort qui la menaçait, en restant parmi ces connaissances, et en continuant à fréquenter ces réunions, où j'avais remarqué, au premier coup d'œil, tant d'êtres ne vivant que dans le vice. Cette jeune fille m'intéressait et me subjuguait à la fois, et je résolus de tout sacrifier pour elle. J'avais à ma disposition une somme assez importante, fruit de mes économies forcées en province, et déjà j'étais heureux en la lui consacrant, de rendre à la société l'objet d'une passion qui s'en séparait pour toujours.

Le soir arriva enfin. M. Léon m'avait donné rendez-vous dans un café de la rue St-Lazare, voisin de la place Bréda, où demeuraient ces dames, et à l'heure dite, je le rencontrais aussi ponctuel que moi-même : après avoir pris le café que je lui avais offert, nous allâmes chercher ces dames, en nous dirigeant vers l'*Hermitage*.

Céphise était plus libre avec moi : notre connaissance, qui datait d'un jour seulement, ressemblait à une intimité de vingt ans de salon. Je compris en appréciant davantage la jolie femme que j'avais sous le bras, quelle pouvait être le bonheur de la posséder. Chaque fois que le mot d'amour se présentait sur mes lèvres (et il s'y présentait souvent), Céphise, sans me décourager tout à fait, ne me donnait que des espérances bien vagues. Nous causâmes de ses affaires : elle était fleuriste. Mais n'ayant pas d'occupations, elle demeurait en ce moment chez Bathilde, son ancienne camarade d'atelier, qu'elle aimait peu et dont elle appréciait la vertu à sa juste valeur. Mais comme, dans la position précaire où elle se trouvait, son ancienne amie lui rendait des services personnels en l'occupant à la confection des chapeaux de paille pour l'exportation, elle devait la ménager tout en soupirant après un revire-

ment du sort qui la rendrait indépendante.
Puis l'ayant questionnée sur la nature des relations de M. Léon et de Bathilde, elle ne me
laissa aucun doute sur l'état de leur amitié.
Tout en causant nous étions à l'Hermitage. Le
bal n'avait pas l'aspect élégant de l'Élysée, bien
qu'il fût composé à peu près des mêmes figures
que nous avions rencontrées la veille. C'étaient
de jeunes ouvrières qui avaient quitté l'atelier
dès cinq heures, en sacrifiant au plaisir qui leur
était offert, plusieurs heures d'un travail fruc-
tueux.

Mais comme l'aristocratie est innée en France,
et qu'elle se fourre partout, je remarquais parmi
ces jeunes ouvrières, des femmes brillamment
parées, dont l'élégance attirait les regards de
ces pauvres jeunes filles qui avaient encore con-
servé le tablier de travail.

Aveugles enfants, que le blâme doit moins
atteindre que la pitié! elles ne savent pas que
l'envie qu'elles portent à ces femmes est un
péché envers la société! Elles n'ont donc pas
eu, ces jeunes filles, alors que leur cœur était
un terrain aussi fertile pour la vertu qu'il paraît aujourd'hui disposé à la perversité, elles
n'ont donc pas eu une mère, une amie; Dieu
n'a donc pas placé sur leurs pas un ange tuté-
laire pour leur crier que ces toilettes éclatantes,
ces diamants qui étincellent sur ces fronts fanés,
ne sont que les livrées de l'infamie. Elles ne

comprennent pas que ces parures sont le prix éphémère du déshonneur d'une vie entière ; elles ne voient que l'or qui pare la jeunesse, le satin qui réhausse les charmes, sans songer que ces fastueuses toilettes, cette clinquante opulence, ne sont que les fleurs attrayantes d'un fruit qui, mûr à trente ans, ne sera que honte et opprobre.

Le soir, comme la veille, j'accompagnai Céphise. Nous étions fort bien ensemble, car déjà je lui avais fait entrevoir que je pourrais quelque chose pour son bonheur, et je l'avais engagée à s'adresser à moi, si par mes ressources je pouvais lui être de quelque utilité.

Je me l'attachai ainsi par la reconnaissance et j'obtins la permission de me présenter le lendemain chez elle.

Quant à M. Léon, nous étions désormais inséparables. Je lui avais dit mon nom, fait connaître ma famille, nous nous tutoyons presque, et il avait remplacé à mon égard la vague qualification de *M. chose et M. là-bas*, par celle d'Edme tout court : j'étais un de ses amis intimes.

Je passe sous silence les nombreuses limonades, les verres d'eau sucrée que je prodiguais ce soir-là, et dont Bathilde fit une absorption effrayante.

Comme je revenais à mon hôtel, accompagné de Léon qui ne restait pas, ce soir-là, chez

Bathilde, à raison d'autres affaires de cœur, il
me fit la proposition de venir le voir. Il était
rarement chez lui, mais il me dit que je le ren-
contrerais infailliblement au café du *Grand-
Balcon*, où il passait ordinairement toutes ses
journées.

III.

Le mardi, exact à l'invitation de mon nouvel ami, j'allai au café du *Grand-Balcon*.
Léon y fumait dans une énorme pipe en écume,
tout en jouant au billard. Dès qu'il eut terminé
la partie entamée, il vint près de moi, fit apporter un bol de punch, et nous étant attablés,
nous causâmes. Je lui rappelai que deux jours
après, il y avait bal à Mabille. Je témoignais le
vif désir d'y aller en compagnie de Céphise et
de Bathilde.

— Non, me dit Léon, nous irons à Mabille,
si vous le désirez, mais seuls ; aussi bien, ajou-
ta-t-il, je veux vous faire passer une soirée
agréable. Jusqu'ici vous en avez été pour vos
frais, il faut au moins que vous en recueilliez
quelques fruits. Fiez-vous à moi.

J'objectais mon désir d'y conduire au moins
Céphise.

— Elle nous gênerait, répondit Léon. Vous
êtes jeune en amour, et je veux vous former.

— Mais, lui dis-je alors, j'aime Céphise

1

rieusement, et mon unique vœu serait de me
fixer à elle.

Léon se mit à rire.

— Je l'adore, repartis-je avec enthousiasme,
et j'éprouve pour elle un sentiment si pur, si
dévoué.

Continuez, continuez, poursuivit Léon en
éclatant, un amour platonique de l'*Élysée* ou
de l'*Hermitage* : Oh! mon pauvre ami, vous
êtes bien jeune en femmes, bien innocent.

— Mais, repartis-je, quoique intimement
contrarié de l'ingénuité que me supposait
Léon, ne croyez-vous donc pas Céphise digne
d'inspirer une passion réelle.

— Les femmes! dit-il, les femmes! j'en don-
nerais mille des plus jolies pour ce verre de
punch.

Et comme je le regardais étonné, il ajouta :

— Avec un autre, j'en agirais autrement,
mais vous m'avez tout l'air d'un bon garçon ;
franchement, je m'intéresse à vous, et je ne
veux pas vous laisser duper. Croyez-moi,
quand vous connaîtrez les femmes, vous les
jugerez comme moi.

— Vous avez donc aimé malheureusement,
dis-je alors.

— Aimé, peut-être ; malheureusement jamais. Il n'y a d'amours malheureux que pour
les sots et les imbécilles Au reste, écoutez

l'histoire de ma vie, c'est une étude du cœur féminin. Et Léon commença ainsi la narration de ses amours.

— « Mon père était un bon ouvrier. Quoique peu aisé, il voulut faire de moi un artiste, et fit des sacrifices au-dessus de ses moyens, pour me faire apprendre le dessin sur châles. Après quatre années, j'avais acquis un joli talent, et avec du travail et de l'économie j'aurais pu me créer une position honorable. Depuis deux ans, je travaillais à mon compte : j'étais parfaitement considéré de mon patron qui prenait à moi un vif intérêt, quand un dimanche, j'avais à peine dix-huit ans, plusieurs de mes camarades m'entraînèrent, après nos travaux, à l'Élisée Ménilmontant. Jusque là, j'avais connu les femmes comme on les connaît à seize ans ; je rêvais naïvement ces tendres sentiments que les romanciers décrivent. La danse eut d'abord pour moi l'attrait d'un plaisir irrésistible. C'était les premières sensations de mon âme qui s'éveillaient à l'amour et m'y conduisaient. Dès ce moment, je ne pensais plus qu'au bal ; c'était ma conversation du jour, les songes de mes nuits, un dimanche me faisait aspirer au dimanche suivant, et bientôt je fis là la connaissance d'une jeune ouvrière qu'une mère, trop bonne et trop imprudente, y amenait.

BIROUSTE.

Adèle fut ma première passion. Je l'aimais avec cette pureté de cœur qu'on apporte toujours dans une première affection. J'avais peu d'occasions de la voir seule. J'obtins, un soir, un rendez-vous, et ce rendez-vous fut à l'Élysée pour le lendemain.

Le lundi, j'abandonnai quelques dessins pressés, malgré les observations et les reproches de mon patron. Adèle quitta à sept heures l'atelier de lingerie où elle travaillait, et, à l'insu de tout le monde, vint me rejoindre au bal. Peu à peu sa mère, confiante comme le sont en

général les femmes du peuple, se relâcha de
la surveillance de sa fille ; et Adèle, que depuis
je vis régulièrement à l'Elysée trois fois par
semaine, devint ma maîtresse. Les premiers
temps de notre liaison furent heureux. Adèle
ne savait pas encore que l'abus du plaisir mène
à la débauche ; elle ne voyait dans notre incli-
nation mutuelle qu'un sentiment tout naturel,
et sa mère même, d'après un préjugé aveugle
dans une partie de la classe ouvrière, ne trouva
là qu'une conséquence nécesssaire des dix-huit
ans de sa fille, et me fit un accueil favorable.
Mais le contact de ses compagnes de bals
souilla bientôt le cœur naïf et sans défense
d'Adèle : celles-ci lui firent entrevoir qu'une
liaison avec un jeune homme sans fortune,
sans position faite, était une absurdité qui
ne la menait à rien. Elles lui firent envisa-
ger que, jolie comme elle l'était, elle pouvait aspirer à d'autres avantages ; détruirent
la confiance qu'elle avait en moi, lui tracèrent
le tableau d'une fortune facile ; et, enflammant
son imagination, surent par un zèle coupable
lui ménager une entrevue avec un de ces riches
héritiers qui achètent à prix d'or la jeunesse et
l'honneur des filles pauvres du peuple. J'avais
alors des préjugés que je n'ai plus aujourd'hui.
Je ne voulus pas partager les faveurs d'Adèle,
et je rompis avec elle. Cependant je n'étais pas
moins assidu aux bals de l'Elysée, et mes amis

m'y firent bientôt contracter une nouvelle passion. Celle-là se nommait Sophie. C'était une grisette pur sang ; assez bonne ouvrière en gilets, quand elle travaillait, ce qui lui arrivait rarement, mais insatiable de plaisirs, et douée en outre de tous les défauts qui caractérisent les grisettes. La danse, les spectacles, les parties de campagne, étaient les seuls buts de son existence, et j'eusse entretenu trois maîtresses avec l'argent qu'elle me dissipa. Sa mansarde était un Oasis au petit pied : riches comme pauvres, artistes et financiers, lorettes ou humbles grisettes, venaient y prendre de joyeux ébats. La prodigalité à bon marché s'y trouvait réunie à des amours à meilleur compte encore. Là tout était enivrement, bruit, joie ; là on oubliait la société, la politique et l'avenir.

Mes rapports avec Sophie, mon assiduité aux bals publics, m'avaient lancé dans un monde si attrayant, que pour lui je négligeais insensiblement mon état. Le travail me semblait fastidieux, je n'y apportais plus d'attention ; mon art ne m'inspirait que du dégoût. Je quittai le patron qui m'y avait initié et dont les remontrances m'étaient insupportables, et je cherchai une maison où l'on n'eût aucun droit d'exercer de contrôle sur ma conduite. Je travaillais lorsqu'il me fallait de l'argent pour une partie de plaisir, et cet argent se trouvait aussitôt englouti en peu d'heures. D'un autre côté, l'humeur de Sophie ne pouvant s'accommoder d'un amant sérieux, elle me fit de fréquentes infidélités ; j'usai de représailles ; et, tout en nous trompant tous deux, nous étions assez bons amis.

Cette vie joyeuse amena une vie d'oisiveté ; alors je connus la misère. D'abord elle me sembla cruelle ; peu à peu je m'y habituai. Je ne regrettais l'aisance que parce que tous les plaisirs se paient à Paris, et je n'étais malheureux de ma détresse, qu'en ne pouvant plus jeter l'or dans de folles dépenses.

Un jour cependant, fatigué de cette gêne, je voulus essayer de nouveau du travail : mes doigts s'y refusaient ; mon habileté d'autrefois était perdue, et le peu d'argent que mon état me procurait était insuffisant pour mes seuls plaisirs. J'avais couru tous les bals, depuis les ignobles bouges de la Courtille jusqu'à l'élégant Ranelagh ; j'avais connu toutes les femmes, depuis la malheureuse prostituée qui, à l'aide d'une patente, loue légalement son corps, jusqu'à la femme aux gages d'un pair de France qui m'avait pris dans une fantaisie de débauche. Partout je n'avais rencontré que libertinage dans le cœur, qu'appétit dans les sens, et je voulus vivre aux dépens de ces passions. Le frottis des âmes vicieuses avait usé dans mon cœur les principes que d'honnêtes gens y avaient infiltrés ; j'ai traité de préjugés les bases de la société, j'ai trouvé la civilisation ridicule, je me suis élevé au-dessus d'elle. Ma nouvelle industrie était plus douce et plus lucrative que le dessin de châles ; avec elle je pouvais satisfaire mes goûts pour la toilette, mes dépenses d'estaminet, les habitudes du calme *far niente* que j'avais contractées. Maintenant ma vie se passe heureuse, car j'oublie que j'existe ; et tout mon secret consiste à lever des impôts volontaires ou quelquefois forcés sur ces dames, impôts que je cote exactement sous ce titre : *Valeur reçue en amours.*

Ce langage était nouveau pour moi ; j'ignorais cette nouvelle profession.

— Mais, dis-je à Léon, votre cœur ne vous dit-il rien, en recevant ainsi le fruit d'une honteuse spéculation ?

— Vous êtes candide, me répondit-il : candide et moral, nous aurons de la peine à faire un homme de vous. Vous parlez comme défunt mon honorable père, qui me disait : Ne rougis-tu pas de manger un pain payé par un double déshonneur ! C'était, vous le voyez, un bonhomme, qui me fit souvent rire avec ses idées de probité. Mais, dans notre siècle, il ne faut pas être si scrupuleux. L'un, vous le savez, gruge l'Etat, sous le prétexte de services qu'il lui rend ; l'autre arrache le pain de ses enfants ou ruine des familles dans un noble tripot qu'on nomme Bourse. Moi, je perçois l'or du riche luxurieux assez fou pour assigner une valeur à l'amour. Je suis comme l'agioteur, le canal par lequel l'argent se rejette dans le commerce, sans qu'il soit plus souillé en passant par mes mains que par les siennes ; car pour tous deux, c'est le prix des passions.

— Mais, lui dis je en ramenant la conversation où elle avait commencé, vous n'admettez donc point la pudeur chez les femmes !

— C'est à mes yeux, répondit-il, des bijoux de mode dont on les pare et dont elles se plaisent à se parer. Mais, croyez-moi, toutes sont calquées sur le modèle que je vous ai tracé.

— Et vous pensez, continuai-je, que votre mère et votre sœur sont aussi dévergondées par le cœur et l'imagination que les créatures indignes que vous avez connues ?

Il parut un instant hésiter, puis il dit :

— Si j'exceptais ma mère et ma sœur, je devrais également excepter votre mère et votre sœur ; dès lors les exceptions s'étendraient à l'infini ; la règle serait détruite, car elle ne deviendrait elle-même qu'une exception. Permettez-moi donc de persister dans mes observations et d'y attacher une invariabilité absolue.

J'avoue que si j'eusse été plus jeune, que si déjà je n'avais assez vu le monde pour y découvrir des mères de famille vraiment vertueuses, des épouses sincèrement attachées à leurs devoirs par la seule impulsion de leur cœur, des jeunes filles trésors de candeur et d'innocence, les discours de Léon eussent fait sur mon esprit une profonde impression et y auraient à jamais chassé de mon âme cette confiance que l'évidence justifie chaque jour. Mais je ne m'y arrêtais point, et je pensais que celui qui jugeait ainsi les femmes, n'était que plus à plaindre de n'en avoir jamais rencontré une seule qui pût lui faire comprendre ces vertus qu'il contestait, parce qu'elles n'existaient pas dans le monde perverti où il avait vécu. D'ailleurs, n'avais-je pas encore près de moi un argument vivant à lui opposer! Céphise, cette pauvre enfant du peuple, abandonnée à elle-même, entourée d'êtres corrompus et n'ayant devant les yeux que l'exemple permanent du vice, ne répondait-elle pas victorieusement à toutes les hérésies, si je puis m'exprimer ainsi, que venait d'évoquer Léon? Elle si chaste dans ses paroles, si réservée dans ses actions, et qui comprenait, comme une âme pure peut seule le comprendre, le sentiment de la reconnaissance!

Quoi qu'il en fût, ma conversation avec le détracteur du sexe féminin n'altéra en rien mon amour et mon respect pour ma maîtresse. Je ne vis dans Léon qu'un homme égaré par de fausses idées, et je résolus de n'en pas moins continuer mes rapports avec lui, en observant toutefois une prudente discrétion, car il pouvait plus que tout autre m'initier aux mystères des amours des bals publics.

Le bol de punch était tari quand notre conversation cessa, et nous nous séparâmes en convenant de consacrer la soirée du jeudi suivant au bal Mabile.

IV.

Au jour dit, je vins prendre Léon au café du Grand-Balcon, et nous allâmes donc à Mabile, où nous entrâmes entre deux contredanses.

Une foule élégante était déjà réunie dans les jardins, et je me serais cru dans une assemblée aristocratique, si, après quelques minutes d'attention, je n'avais aperçu chez ces brillantes danseuses des manières libres qui trahissaient la Lorette, et chez les hommes une excentricité dans la toilette, ou une affectation au *bon ton*, qui révélaient les uns pour des étudiants, les autres pour des commis de nouveautés, ou de simples aspirants à l'art capillaire des Delignou.

Léon se trouva en pays de connaissance; une douzaine de ces dames lui avaient tendu la main en signe de fraternité et le sourire sur les lèvres, et on aurait volontiers pris mon *Cicerone* pour un roi chéri, parcourant un pays vassal.

Deux dames, coquettement mises, entrèrent quelques moments après nous.

J'avoue que si je ne m'étais pas su dans un bal public, moi, naïf provincial, je me serais sincèrement mépris sur le degré de noblesse de ces deux dames, à leur premier abord. C'étaient justement celles que Léon attendait. Il prit le bras de l'une, m'engagea à offrir le mien à l'autre, ce que je fis avec plaisir, car une femme jolie et distinguée a toujours eu pour moi beaucoup de charmes, et nous nous promenâmes pendant quelque temps dans les bosquets, avant une nouvelle contredanse.

Ma dame avait un certain laisser aller qui n'était pas sans attrait ; elle était exempte de tout *bégueulisme* et paraissait *bonne fille* dans toute l'acception du terme. Elle ne s'offensa nullement de quelques mots risqués qui se glissèrent, je ne sais par quel entraînement, dans notre conversation, d'ailleurs assez familière, quoique nous ne nous connussions que depuis quelques minutes ; mais là surtout, les amis de nos amis sont nos amis, et on peut juger par là, du nombre d'amitiés auquel ces dames se trouvent exposées.

Les négociations amoureuses s'établirent bien vite entre nous, et après une demi-heure passée à Mabile, j'étais, selon toute apparence, et pour toute la soirée, le cavalier de Mme Eugénie Saint-Estève. Je n'adressais plus la parole à Léon, que dans les intervalles de la danse, et je prodiguais à la nouvelle reine de mes pensées, avec tant de prodigalité les rafraîchissements les plus recherchés, qu'elle me proclama un jeune homme charmant et plein d'usage.

Après le bal, selon la coutume générale de ces endroits, nous reconduisîmes ces dames. Elles eurent alors la gracieuseté de nous inviter à souper chez elles. Je trouvais l'invitation tellement prématurée, que je n'osais accepter dans la crainte de paraître indiscret, en montant chez des femmes à minuit ; mais Léon, à qui je communiquais mes susceptibilités, s'en égaya beaucoup, et les dissipa en m'assurant qu'il n'y avait aucune *indiscrétion*, à rendre raison à celles qui s'offraient pour être nos jolies hôtesses. Seulement, il me prévint qu'en cavalier galant et qui sait son monde, il était de mon devoir de faire monter un souper confortable, dont un restaurateur voisin se chargea sur-le-champ. La cave de Mme Rosa de Saint-Ange, la compagne de Mme Saint-Estève, était assez bien garnie, et ce fut-elle qui fournit la partie spiritueuse du festin.

On se mit à table dans un boudoir élégant, une jeune servante au minois agaçant, nous servit. C'était une jolie enfant, qui là, attendait sans doute aussi que la roue de la fortune vînt à tourner pour l'élever au niveau de sa maîtresse. Bientôt les verres furent vidés, les têtes s'échauffèrent, les propos graveleux dégénèrent en obscénités, l'on ferma les verroux... Alors l'orgie commença folle, bruyante, lourde, au milieu d'une dégoûtante ivresse, d'un ignoble abrutissement.....

Madame Saint-Estève, dans la chanson qui suit, nous raconta sa propre histoire.

I (1)

Viens donc ici, Zoé ; dis-moi,
Quel est ce monsieur respectable
Que l'on voit si souvent chez toi,
Et qui s'endort toujours à table ?
Est-ce ton tuteur, ton parent
Apprends-moi son nom, je l'exige ;
Il a l'air assez bon enfant ;
L'aimerais-tu ? Moi...! non, vraiment ;
C'est un vieux monsieur qui m'oblige ! (*Bis.*)

II

Comment fais-tu donc, à ton tour,
Pour te le rendre aussi propice ?
A son âge on a plus d'amour....
— Oui, mais on a plus d'un caprice.
Quand mon fils est par trop méchant,
Tu sais comment je le corrige ;
Eh ! mais c'est ainsi justement
Que j'entretiens le sentiment
De ce vieux monsieur qui m'oblige ! (*Bis.*)

(*Historique.*)

Mais ne nous appesantissons pas sur ces turpitudes dégradantes pour l'humanité ; car, alors je compris comment Léon, qui n'avait fréquenté que ces créatures, pouvait les mépriser toutes par ce qu'il en avait vu ; je compris aussi combien d'éléments volcaniques peut renfermer le cœur d'une femme, et combien ce cœur est dangereux lorsqu'une solide éducation, lorsque les règles de la pudeur qu'exige la civilisation, ne tempèrent plus le feu des passions, ou que ces principes brisés ne lui opposent plus une digue assez puissante pour les contenir.

III

Fillette, venant à Paris,
Ne croyez pas, comme au village,
Rencontrer ici des maris ;
Surtout quand on veut rester sage ;
La vertu...! c'est trop embêtant ;
A l'hôpital, ça vous dirige.
Quoique l'état soit fatigant,
Cherchez plutôt, ma chère enfant,
Un vieux monsieur qui vous oblige ! *(Bis.)*

IV

Quand on a son terme à payer,
Son entretien, sa blanchisseuse,
Sa couturière, son loyer,
Une femme n'est pas heureuse,
Quand, par malheur, elle a surtout
Un jeune homme qui la néglige,
Un être qui lui mange tout ;
Comment en viendrait-elle à bout,
Sans un vieux monsieur qui l'oblige ! *(Bis.)*

Cette nuit d'orgie fut suivie d'un jour plein de honteux remords. Je ne voulais plus revoir ces femmes, qui m'eussent rappelé le plus irréligieux, le plus repoussant avilissement de moi-même.

Ce jour alors j'allais chez Céphise. J'avais besoin de retrouver au moins un cœur vertueux, et je regrettais la soirée que j'avais passée loin d'elle.

V.

Céphise était pâle et paraissait vivement fatiguée et malade... D'un autre côté, elle avait eu querelle avec Bathilde. Je la consolais : je lui fis de nouveau l'offre de mes services et de ma bourse. Jusqu'ici, elle avait constamment résisté à mes instances, mais elle me laissa pénétrer qu'elle aurait peut-être recours à ma libéralité.

Oh! celui qui a vécu dans cette classe où tout est fausseté et mensonge, où tout est rouerie et corruption, me taxera peut-être de ridicule simplicité, si j'exprimais le sentiment que j'éprouvai en pressentant que ma maîtresse accepterait enfin mes offres; il ne comprendra pas cette félicité intime qui émeut si doucement le cœur devant le bonheur donné à un être qu'on aime plus que soi; il rira peut-être de la facilité avec laquelle je croyais à cette femme, mais ces railleries ne peuvent qu'honorer un enfant de nos provinces où le schisme d'une civilisation n'a pas encore flétri les mœurs de son souffle impur, car cette naïve crédulité est l'indice certain d'une âme pure et généreuse.

Comme je me disposais à quitter Céphise, je rencontrais Léon, qui entrait chez Bathilde.

— Attendez-moi, me dit-il, je n'ai qu'un mot à dire, et je suis à vous.

Quoique contrarié de la rencontre de Léon, car j'aurais désiré passer seul cette journée sous l'impression de la mélancolie, à laquelle les regrets de la folle nuit précédente et les chagrins de Céphise disposaient mon esprit, j'attendis Léon. En effet, il ne resta qu'un instant et tous deux nous sortîmes.

— Eh bien! me dit-il, dès que nous fûmes dans la rue Breda! Eh bien, M. le Franc-Comtois, comment trouvez-vous notre soirée d'hier?

— Je trouve, répondis-je, que ces dames justifient parfaitement vos idées sur le beau sexe. Mais instruisez-moi, je vous prie, quelles sont-elles donc?

— Ce sont, repartit Léon, des femmes entretenues; l'une est la maîtresse d'un vieux chef de bureau aux Finances;

l'autre, a pour adorateur, un riche négociant en blondes. Mais, à l'exemple de nos hommes d'état, elles ont prêté serment de fidélité à leurs maîtres avec force restrictions mentales. Les jours appartiennent à ceux qui paient, mais elles se sont réservé les nuits, et vous voyez qu'elles en usent largement. Mais, continua-t-il, ceci n'est qu'un coin du tableau, et pour compléter votre éducation, après avoir consacré dimanche à Bathilde et à Céphise, nous irons lundi à la Chaumière.

Je fis part alors à Léon de mon projet, de louer pour Céphise un appartement convenable, et d'en faire une maîtresse avouée.

Je ne puis vous blâmer, me dit-il, de faire quelque bien à Céphise; mais si quelqu'un doit-être dupe, je ne veux pas que ce soit vous. Je vous l'ai dit, vous m'avez inspiré vraiment de l'amitié et je vous regarde presque comme mon frère. Ensuite je vous ai élu pour mon élève, et bien que vous ne montriez pas de brillantes dispositions, je ne veux pas que vous vous fourvoyez inutilement; laissez ce soin à des imbéciles; il s'en trouvera toujours assez qui se ruineront pour des faveurs qu'ils ne posséderont qu'à moitié. Suivez mes idées : amusez-vous de toutes ces femmes-là sans jamais vous inquiéter de leur manière de vivre; il y a un dieu ou un démon pour elles, comme pour les oiseaux, et elles se tirent toujours d'affaires.

Je lui objectais que Céphise ne devait pas être confondue avec ces courtisanes où le malheur la plaçait, et il me répondit : Il faut mon cher Edme, user, avant tout, votre sensibilité et vos illusions, elles vous joueraient quelques mauvais tours.

Cette réplique ne m'étonna pas de Léon; elle ressortait de son caractère, et des idées dans lesquelles il étreignait toute la moitié du genre humain, et je brisai là notre entretien.

Le dimanche fut employé à conduire Céphise et Bathilde à l'Elysée-Ménilmontant, en nous arrêtant aux Folies de Belleville,

et en faisant une courte station au petit Saint-Martin, son voisin. Partout c'était le même type du vice, du vice plus ou moins paré, selon le hasard qui avait présidé à la fortune des hôtes de ces réunions; partout des femmes prêtes à se vendre au plus offrant ou à se donner au plus libertin.

VI.

Comme il me l'avait promis, Léon me con-
duisit le lundi à la Chaumière.

Là, je vis une gaîté excentrique, une anima-
tion vraiment entraînante. L'espèce *féminine*
qui fréquente ce bal, appartient à la grisette
proprement dite ; c'est là sa patrie, son sol
natal ; elle y règne en souveraine ; on lui élève
des autels, on lui voue un culte.

Rarement la grisette a fait là ses premières
armes. Il faut être polkiste-émerite ; licenciée
en mazurka, pour essayer une simple cachu-
ca à côté de Clara Fontaine, et de mille autres
impératrices de la danse.

De plus, il faut avoir gagné ses éperons sur plus d'un champ d'amour, pour n'être pas déplacée au milieu des attaques incessantes et hardies de MM. les étudiants. Aussi le beau sexe n'a-t-il là pour représentants que des femmes d'une jeunesse moyenne, ou d'une maturité prématurée. La décence y est une anomalie. Il existe une lacune dans l'ordonnance de police qui prohibe les cannes, éperons, parapluies; on doit y ajouter également : *Toute pudeur sera déposée au vestiaire.* A la Chaumière, la pomme d'or est la plus éhontée.

La grisette qui suit ces bals, ne peut guère y étaler le luxe et l'opulence. Il faut qu'elle travaille de ses propres mains pour subvenir à sa toilette et à ses besoins journaliers, car l'étudiant est rarement assez riche pour partager avec elle la modique pension qu'il reçoit de ses parents. C'est un argument sans réplique, auquel ces Therpsicores se sont rendues. Aussi n'exige-t-on d'elles que du *chic* dans la mise (argot du terroir).

Des auteurs dramatiques, des romanciers, des physiologistes, ont, pour ainsi dire, idéalisé le vice, en qualifiant de besoin d'aimer, ce qui n'est chez ces femmes qu'un impur dévergondage des sens. Ils ont extrait de la poésie de la débauche. Scrutons donc un peu ces cœurs, pour répondre à cette manie du siècle qui divinise tout, le crime comme l'héroïsme.

Est-elle poétique, cette femme qui ne rougit plus des propos obcènes qui se répandent autour d'elle, et dont la bouche se souille, en y répliquant? Est-elle poétique, cette femme qui, sans rougir, étale dans sa danse toutes les honteuses richesses d'une imagination libidineuse et corrompue? Interprêtant ainsi, non la chaste volupté, mais la plus dégoûtante, la plus sordide matérialisation de l'amour, s'il est permis de profaner ainsi ce nom sacré, pour qualifier leurs infâmes passions? Sont-elles donc poétiques, les nobles reines de ces bals, qui ont obtenu le sceptre, qui ont été élevées sur le pivois, parce qu'elles ont été proclamées par les myriades de leurs amants fortunés, les héroïnes du scandale, les plus hardies abnégatrices de toutes les vertus de leur sexe; les esprits les plus dépravés, en un mot, le rebut et la turpitude de la société. Mais pour être heureux près de ces reines des orgies, il ne faut que prendre son tour. Aujourd'hui ce sera Victor, demain, Ernest, après-demain, Alfred, puis, Arthur, Antony, Emile. Bienheureuses encore, si le nombre de leurs soupirants ne les oblige pas à partager la journée suivante entre Hippolyte, Georges, et même avec Edouard ou Raymond. Mais où voit-on donc là, autre chose qu'un abject sensualisme? Et pourtant, ainsi va leur vie jusqu'au moment où elles s'affaissent épuisées. Alors, le faux éclat de leur couronne tombe, le diadème n'est plus qu'un stygmate de boue, et elles vont traîner dans la fange d'une ignoble industrie, leur chair flétrie, et la mort va les saisir, elles, naguère divinités des plaisirs, sur la couche de l'hôpital, au milieu des remords éveillés enfin par les angoisses des plus atroces douleurs, tristes conclusions de leurs frénétiques débauches.

Nous quittâmes la Chaumière à neuf heures et demie, pour nous rendre au salon de Mars, qui nous offrit les mêmes impressions. Aussi n'y restâmes-nous qu'un moment, car nous devions visiter la Chartreuse, où notre soirée fut achevée. Je quittai Léon, à onze heures et demie, en lui promettant d'aller le chercher, au premier jour, à son café, pour voir les bals réservés au bas-peuple.

VII.

Le lendemain, j'allai chez Céphise; elle était absente, je trouvai Bathilde seule. Céphise lui avait déjà confié mes projets, car il paraît que le dissentiment qui avait éclaté entre elles était apaisé.

Bathilde fut avec moi d'une amabilité charmante, et pleine d'abandon. Elle possédait tout le prestige d'une femme agréable; cependant, je dois l'avouer, quoique je ne le

comprisse pas alors, elle avait plutôt, par ces
charmes, quelque analogie avec une courtisane,
qu'avec une femme du monde, et, bien qu'elle
ne fût pas de la première jeunesse, elle avait
tout l'attrait que donne l'esprit réuni au contact de la société. Elle me témoigna tant d'intérêt, livra son âme avec tant d'abandon,
que je me sentis entraîné vers elle. D'abord
elle se plaignit du délaissement dans lequel
Léon la laissait, pour convoler à d'autres
amours ; puis elle versa des larmes qui s'échap-
paient si sincèrement de son cœur ulcéré, que
ma sensibilité naturelle ne put me défendre de
lui accorder moi-même une touchante sym-
pathie. Cependant, elle me parla de Céphise
d'une façon assez peu avantageuse. Elle me
révéla des particularités que je dus croire dic-
tées par la jalousie innée chez les femmes, et
qui, comme les autres passions, se développent
selon les mêmes principes.

Céphise, insinuait-elle, était dissimulée ; elle
lui avait connu plusieurs amants sans que celle-
ci les avouât pourtant ; et entre autres, un jeune
homme, nommé Raoul. Cependant, depuis
quelque temps, elle entretenait des relations
avec un vieux monsieur, sans qu'on pût pré-
ciser la nature de leurs rapports, que Bathilde
attribuait à toute autre chose, qu'à une amitié
désintéressée. Car bien que ce dernier la laissât
dans une parfaite détresse, elle ne lui avait pas

moins strictement sacrifié Raoul, et elle faisait à ce mystérieux vieillard de fréquentes visites.

La fin de la conversation ternit un peu la bonne opinion que j'avais conçue de Bathilde, et je n'ajoutai aucun crédit à ses imputations. Céphise m'avait toujours paru trop candide pour conserver une dissimulation aussi pro-fonde que celle que lui attribuait sa prétendue amie, et je ne me laissai pas prendre au piége que tendait Bathilde à ma jalousie ; J'avais deviné son but ; mes libéralités pour Céphise avaient évoqué sa convoitise, et elle ne craignait pas de flétrir par la calomnie une jeune fille pour les détourner à son profit. Et puis, d'ailleurs, l'évidence n'était-elle pas plausible et la raison ne faisait-elle pas justice d'un odieux mensonge. Dans quelle pensée Céphise, en lui supposant même les intrigues qu'on lui donnait, les eût-elle sacrifiées à l'amour d'un vieillard que Bathilde disait septuagénaire. Dans quel but ? Quel prétexte lui assigner ? Non, il était impossible que cette enfant, si jolie, qui portait sur son visage la rosée de la candeur fût, à dix-neuf ans, assez artificieuse pour céler le vice sous le masque de l'innocence.

Les propos de Bathilde n'étaient que faussetés et machinations perfides pour arracher à sa compagne, non un cœur dont, dans sa satiété, elle devait fort peu se soucier, mais le bénéfice qui y était attaché : et d'ailleurs

j'aimais trop Céphise, elle m'avait inspiré un
respect trop profond pour la ternir seulement
par un soupçon injurieux.

Mais elle ne devait pas rester dans cette
maison. A quels conseils n'était-elle pas expo-
sée près d'une femme qui employait contre
elle des armes si déloyales pour assouvir sa cu-
pidité? Aussi, en prenant congé de Bathilde,
je formai le projet de louer pour ma jeune pro-
tégée un appartement convenable et de l'y
installer au plus vite.

Ma journée fut occupée à visiter plusieurs
maisons ; enfin, j'arrêtai un logement fort joli
qu'une dame de St-Elme avait quitté le matin
même. Cette madame de St-Elme avait perdu
depuis quelques jours son *protecteur*, et ayant
passé à peu près l'âge des amours, avait abandonné son élégant mobilier au propriétaire en
paiement de plusieurs termes de loyer. Pour
elle, elle était bravement descendue du faîte de
la fortune aux humbles fonctions de dame de
comptoir

et espérait prendre par là une espèce de demi-
solde en embellissant encore dans une position
plus modeste, 'les derniers jours de quelque
vieux célibataire, en attendant que, pour dé-
nouement du roman de sa vie, elle ne fût plus
apte qu'à entretenir le ménage de quelques pe-
tits rentiers ou la chambrette d'un jeune étudiant.

Je traitai du prix des meubles avec le propriétaire, et le temps me manquant pour mettre

immédiatement Céphise en possession de sa nouvelle condition, car ce jour avait été fixé par Léon pour parcourir les bals de barrières, je lui fis savoir par un billet qu'elle eut à m'attendre le lendemain matin. Puis, plus libre, le cœur plus heureux, j'allai retrouver mon *cicerone*.

VIII.

— Il est de bonne heure, me dit celui-ci ; si nous allions faire un tour à Montesquieu ? Vous verrez là une réunion curieuse.

J'accédai à son désir, et nous nous dirigeâmes vers Montesquieu.

Nous ne devions pas y rester longtemps, car ce bal ne m'offrit qu'un spectacle affligeant.

Tout a été dit sur ces malheureuses créatures qui, avec les amants de leur choix, viennent oublier dans un soir de plaisirs grossiers les dégoûts, les humiliations d'une semaine entière.

Pourquoi soulever le voile qui doit couvrir un tableau flétrissant de la nature humaine. Là, la pensée erre avec une vague tristesse, le cœur s'oppresse et la pitié s'étend sur ces pauvres parias de la civilisation. Pourrait-il sentir un sourire effleurer ses lèvres celui qui a un noble sentiment dans la poitrine, à la vue de ces bruyantes orgies de la danse. Oh ! plutôt, plaignons cette gaîté, comme on plaint la folie.

Car ces femmes sont aussi insensées par la perte de l'intelligence de leur âme, que d'autres par l'égarement de leur raison.

Cette soirée ne devait me laisser que des émotions pénibles. De Montesquieu nous allâmes au Sauvage. A peine avions-nous pénétré dans ces bouges obscurs, enfumés où, aux accords de deux ou trois prétendus musiciens, des individus se meuvent, s'agitent, croyant parler ainsi le langage de la danse, que nous aperçûmes de jeunes filles à peine écloses à la vie, à peine sorties des dernières années de l'enfance, exécuter des pas qu'une intelligence trop précoce leur suggérait. La misère, l'ignorance la plus grande des moindres vertus sociales, présidaient aux plaisirs et semblaient les exciter. La licence était sans but et sans bornes. On y dansait, parce que la danse est un plaisir souverain qui pénètre dans le coin du monde le plus obscur; on y faisait l'amour, parce que c'est un penchant naturel à l'animalité.

C'est dans ces bals que le philanthrope peut surtout juger l'obscurité où vit encore le peuple. Les rayons bienfaisants de notre organisation ne paraissent pas encore avoir pénétré jusqu'à ce degré de l'échelle sociale, et semblent avoir été interceptés par cette masse compacte de classes qui sépare la basse partie de la nation de sa portion éclairée. Mais voyez ces jeunes filles! Pour elles, la morale est un problème, la retenue une négation. Le feu de leurs passions se trahit dans leurs allures, d'autant plus bouillant qu'il est dans toute la force d'une existence qui commence. Et pourtant, elles avaient aussi dans leur sein le germe de la pudeur, mais on ne leur en a pas fait apprécier les charmes, elles ont suivi la pente de leurs désirs, et elles se sont encore égarées dans le cercle étroit où elles étaient confinées. Oh ! si on leur avait dit le bonheur d'être bonne épouse, tendre mère, tout le secret enfin de la civilisation, elles ne seraient pas aujourd'hui livrées à la dépravation ; elles redouteraient un Dieu, elles craindraient le mépris du monde qu'elles ne connaissent pas. Elles rechercheraient leur estime en comprenant enfin le respect de leur individualité.

— Sortons, dis-je, après une demi-heure passée au bal du *Sauvage*, à Léon qui s'amusait de l'excentricité des danses, je serais fâché qu'on me rencontrât ici.

—Vous avez vu ce soir de singulières mœurs, me répondit-il, en descendant la montée de Belleville. Mais si vous m'en croyez, nous irons finir notre soirée au Ranelagh : il n'est que huit heures et demie, à dix moins un quart nous serons à Passy. Le bal sera dans tout son beau, et ça variera vos impressions.

— Partons donc, répondis-je. Nous montâmes en cabriolet à la barrière, et avant dix heures, en effet, nous entrions au Ranelagh.

— IX. —

Ce bal, on doit l'avouer, ne présente pas le cachet de perversité des autres bals ; on y respire presque un parfum de *bonne compagnie*.

C'est que les habituées de ces soirées dansantes appartiennent à la classe la plus élevée des femmes qui vivent du trafic de leur amour. La fréquentation des hommes du monde, qui se ruinent pour elles, leur ont donné un vernis de haute société, et d'ailleurs la plupart ont occupé une position sociale plus ou moins brillante, qu'elles ont sacrifiée aux excès d'une jeunesse ardente, d'une imagination incomprise. La majorité d'entre elles compte encore dans la société des époux considérés et malheureux qui, les aimant encore, se sont eux-mêmes vus obligés d'immoler à leur honneur outragé le propre bien-être de la famille ; et pour le préserver des dangers de l'ignoble et contagieux exemple du vice, ont dû arracher une mère à leur enfant. Ces épouses indignes ont un instant senti les larmes de la douleur maternelle humecter leurs paupières. Mais le tourbillon qui les a entraînées a effacé de leur mémoire les plus saintes affections. Un jour, revenues à elles-mêmes, elles s'en souviendront ; mais ce souvenir sera pour elles affreux de honte, poignant d'humiliations. Pour obtenir un regard de compassion pour leur pressant sentiment de mère, elles se tordront peut-être aux pieds de ce fils qu'elles ont abandonné. Mais ce fils détournera les yeux en rougissant ; mais ce fils les reniera, et elles expieront dans la solitude, dans les regrets d'une vieillesse stérile les folles erreurs, les éphémères éclats de la débauche, pour lesquels elles ont brisé les

liens les plus sacrés de l'humanité et méconnu
la voix de Dieu, qui leur criait incessamment :
Apprends à ton enfant, par ton dévouement
pour lui, son amour pour toi.

A d'autres l'expérience a démontré que
cette vie agitée, ces amours d'étudiants ne sont
que chimères ; que la beauté s'envole avec les
vingt ans et avec elle les faveurs de la fortune,
et elles ont songé à l'avenir. Ajourd'hui elles
sont fidèles par spéculation. Plusieurs ont un
livret de la caisse d'épargne, ou mieux encore
des coupons de rentes 5 p. 100 consolidés,
des actions de chemins de fer, de canaux, de
théâtre. Aussi, attendent-elles la quarantaine
sans effroi et comptent-elles effacer par un avenir irréprochable, un passé peu honorant.
Peut-être, un jour vous trouverez-vous en face
de quelque gracieuse marchande de modes, de
quelque propriétaire de café, ou même d'une
dame aimable du monde bourgeois, dans lesquels vous reconnaîtrez un *vis-à-vis* du Ranelagh.

Il en est qui, moins réfléchies, coulent in-
soucieusement une existence dorée au sein de
l'abondance ; pour celles-là, le futur est moins
riche ; elles vivront aux dépens de leurs ancien-
nes amies, dans une misère qu'elles déguiseront
à peine, ou rencontreront quelque honnête ar-
tisan qui, charmé de leurs manières aristocra-
tiques, ne dédaignera pas de leur faire partager
son nom et la petite aisance de son travail.

Léon confessa naïvement qu'il ne s'amusait pas au Ranelagh, qu'il n'y était pas à son aise et qu'on n'y pouvait *rien faire*.

J'étais fatigué de mes courses de la journée ; j'avais hâte d'arriver au lendemain, et après une heure passée au Ranelagh, je proposai à Léon, qui faisait triste figure, de nous retirer. Nous reprîmes notre cabriolet, qui nous ramena à Paris.

X.

Dès que la nuit fut passée, je courus chez Céphise. Ce que j'avais vu des femmes dans mes excursions avec Léon, me la faisait désormais chérir et apprécier davantage, et j'espérais, qu'après mes bontés pour elle, elle ne résisterait plus à mon amour.

Arrivé chez Bathilde, je trouvai Céphise encore absente.

— Comment, lui dis-je avec étonnement, Céphise est sortie d'aussi bonne heure.

— Oui, répondit Bathilde, qui paraissait très agitée ; Céphise est une malheureuse qui a failli me compromettre. Elle a été arrêtée ce matin, avec Léon qui, sans que je le susse, était son amant.

— Comment, fis-je stupéfait?

— Hier, continua Bathilde, avec la satisfaction que donne le dépit et la vengeance, je vous avertissais de vous méfier de cette jolie blonde, de cet air si modeste, si ingénu, vous ne m'avez pas cru, vous ajouterez peut-être foi aujourd'hui à l'évidence.

— Jamais, répliquai-je vivement.

— Les hommes sont tous aveugles, dit-elle alors, en haussant les épaules. Je ne m'étonne plus s'ils font parfois tant de sottises : c'est la faute de leur nature.

—Mais expliquez-vous donc, repris-je avec anxiété.

— Je vous ai dit, commença Bathilde, que Céphise avait eu des amants. Je vous ai parlé de Raoul Hémery, un jeune clerc d'avoué avec qui, depuis quelques temps, elle avait rompu subitement sans que personne pût pénétrer le motif de cette brusque séparation. Maintenant tout s'est expliqué. Raoul possédait toute la confiance de son patron. Lié avec Léon, par qui il avait connu Céphise dans les bals, ils menèrent tous trois une si joyeuse vie, que les appointements et les ressources de Raoul, ne suffirent bientôt plus à leurs dépenses ; alors, cédant aux insinuations de son ami, Raoul détourna des valeurs importantes qui furent en peu de temps engouffrées dans les plaisirs, et le jeune homme eut alors recours à de fausses signatures et contrefit, en outre, celle de son avoué. Mais les soustractions si souvent réité- rées, les faux titres qui se présentaient aux échéances, le luxe qu'il affichait, luxe si au-dessus des moyens d'un homme sans fortune, éveillèrent enfin l'attention du patron de Raoul, on le soupçonna, et il finit par tout avouer. Raoul promit de rendre avant un an tout ce qu'il avait détourné ; et l'affaire, à cette condition, par égard pour une honorable famille, fut assoupie. Raoul était fort embarrassé pour faire face à ces nouveaux engagements. Il avait bien un oncle possesseur d'une centaine de mille francs ; mais, disait-il, il n'avait pas de bonheur, car ni les chemins de fer, ni la goutte, ni les médecins ne réussissaient à hâter la réalisation de la succession du bonhomme, et tous trois arrêtèrent un moyen plus expéditif. Céphise devait aller trouver ce parent d'une longévité si malencontreuse, et s'en faire aimer.... Le projet fut exécuté ; et sous prétexte d'intercéder près du vieillard, Céphise se rendit chez l'oncle de Raoul, et n'eut pas de peine à enchanter le vieil imprudent qui crut ainsi tromper son neveu. Mais ce nouvel expédient n'agissait pas assez activement ; on eut recours à un autre d'une efficacité plus réelle, et un jour la blonde Céphise, l'innocente jeune fille, versa le poison dans le verre de son vieil adorateur. Une mort si soudaine attira la susceptibilité de l'autorité. On reconnut l'indice du crime, et en ce moment nos trois amis sont sous la main de la justice. (*Historique.*)

Au reste, ajouta-t-elle, ne déguisant pas sa

joie, je n'en suis pas fâchée pour l'amant et la camarade qui m'outrageaient si effrontément sous mes yeux.

J'étais anéanti : je ne pouvais proférer une seule parole.

— Eh quoi! m'écriai-je, dès que j'eus repris mes sens, le visage n'est donc qu'un appât imposteur. Et Léon! je ne m'étonne plus du soin qu'il prenait à m'éloigner de Céphise pour la laisser libre ; c'était pour ménager à l'empoisonneuse les moyens de consommer lentement son crime, que mon amour eût gêné. Mais les cadeaux que je fis à Céphise?

— Vendus aussitôt qu'acceptés ; il fallait bien vivre en attendant l'héritage de l'oncle. Ainsi vous voyez que j'avais raison en vous conseillant de vous tenir en garde contre la ruse d'une femme perfide.

Je quittai Bathilde le cœur brisé ; mille idées bouillonnantes dans le cerveau.

—Oh! me disais-je à moi-même, cet homme, ce Léon avait deviné l'impur limon dont est pétri le cœur des femmes. Il avait vu la vérité en les dépouillant des vertus chimériques que l'imagination de quelques-uns évoquent...... Et je pleurais mes illusions perdues!

Ce jour même je partis pour Grey. Je retrouvai mon père, ma vieille Marianne. Je retrouvai aussi Esther, qui vint au-devant de moi en m'embrassant. Mon cœur repoussa le bonheur de ses baisers ; il me sembla que sa tiède haleine brûlait mon front comme le souffle envenimé de la perfidie, comme la flamme de l'enfer... Et pourtant, je portai mon regard sur ce visage candide qu'éclairait la félicité la plus pure et la plus sainte ; je plongeai ma pensée dans cette âme de dix-huit ans, si franchement dévouée à sa mère, si chaste dans son affection pour moi, et mon cœur palpita ; car une voix douce répondait dans mon sein aux battements de ce cœur, en murmurant comme une suave et bienfaisante mélodie : Crois encore aux femmes, crois encore à la tendresse d'une mère, au dévouement d'une épouse ; car chez tous les êtres il y a dans les sens le principe des passions ; mais la Divinité a mis dans nos âmes le germe de la vertu, qui étouffe le vice, lorsqu'une main généreuse a su la cultiver.

XI.

Maintenant que nous avons esquissé, quoique à grands traits, ce qu'offrent à l'observateur et à la jeunesse de Paris ces jardins, ces salons, où, sous le prétexte de la danse, se développent si facilement les passions ; maintenant que nous avons analysé ce qu'on est convenu de nommer improprement les *bals publics*, et qu'il n'est resté au fond de l'alambic que perversité et démoralisation, qu'il nous soit permis d'émettre notre opinion sur ces excentricités, que d'autres dans leurs écrits ont peintes sous une couleur attrayante et comme une des originalités de notre époque. Leurs plumes légères ont tracé des caractères superficiels. Ils ont donné ainsi une nouvelle et dangereuse amorce à la curiosité; ils n'ont pas vu ou n'ont pas voulu voir le fond des objets, ils ne se sont attachés qu'à la forme; ils ont dépeint au hasard les effets sans en rechercher les causes, et se sont laissé prendre à la saveur du breuvage, sans en prévoir les conséquences.

Il est certains plaisirs qui présentent pour les mœurs une grande analogie avec ces poisons lents qui deviennent mortels par l'abus qu'on en fait. D'où viennent, je vous prie, ces licencieuses figures, ignobles interprétations du plus effréné libertinage? de la satiété. Et que peut enfanter la satiété dans un plaisir voluptueux par sa pudicité même? rien autre chose qu'une dégoûtante obscénité. Oui, c'est l'obscénité la plus révoltante, l'obscénité qui doit exciter les alarmes des honnêtes gens, qui imprime son sceau flétri sur la physionomie des bals publics et y déploie tout le luxe de son ignominie. En vain la force armée s'efforce-t-elle de contenir dans les bornes d'une décence problématique les écarts de ces cerveaux blasés; elle est impuissante pour opposer un frein à la dépravation des esprits. C'est donc dans la satiété qu'est le mal; et la faute doit en retomber sur la com-

plaisance avec laquelle l'administration multi-
plie les bals, par la facilité qu'elle accorde
d'ouvrir ces asiles de la prostitution morale
pendant les jours de la semaine.

De cette facilité résulte un grand nombre
d'inconvénients, tant sous le rapport du travail
en général, comme plusieurs économistes l'ont
déjà prouvé; que sous celui du bien-être et de
l'avenir des classes qui vont puiser dans ces
réunions des goûts de dissipation, d'oisiveté et
de débauche. Est-il rationnel qu'un gouverne-
ment éclairé autorise ainsi la paresse et l'inac-
tion individuelles? Est-il politique qu'il retire
ainsi des bras jeunes et vigoureux de la masse
des travailleurs, qu'il encourage le vice, car il
n'ignore pas que vice il y a, et mine ainsi la
civilisation par le poison destructeur de l'im-
moralité qu'il protége? Invoquera-t-on de pauvres systèmes, qu'on est presque honteux de
supposer? dira-t-on : Il faut que la jeunesse
calme son effervescence dans les plaisirs pour la
détourner de troubler l'ordre social? Mais ne
songe-t-on pas qu'on empoisonne sa sève, qu'on
ruine sa santé par les orgies, qu'on tarit les
sources des générations futures par les maux
qui suivent ces excès! Ou bien, posera-t-on cet
autre argument, plus raisonnable, qu'il faut,
pour ainsi dire, des égouts aux passions fou-
gueuses que la civilisation trouve indomptables
et auxquelles elle ne peut apporter aucun re-

mède. Alors privilégiées des réceptacles impurs, avouez-les tout bas comme vous avouez tout haut la prostitution ; et la probité et la morale, lançant un puissant anathème, traceront sur ces seuils maudits cette inscription repoussante : *Refuge des ignobles passions; celui qui le franchit, en sort honteusement flétri par la société.*

Et quels précédents osera-t-on appeler à sa justification? quels siècles de notre histoire citera-t-on où l'autorité prêtait ainsi les mains à la dépravation publique? Les époques les plus scandaleuses de notre monarchie ne furent que le fait de la noblesse ; et si, dans ce temps de ténèbres et d'esclavage, les chefs de l'État ne réprimaient pas ces désordres, c'était aux hommes et non aux actes qu'ils octroyaient les immunités ; et d'ailleurs ces époques furent toujours signalées comme des jours de calamités. Qu'on le sache bien, l'abus des plaisirs énerve un peuple. Leur sage organisation est au contraire un puissant stimulant au commerce et à la prospérité intérieure. Il est donc du devoir d'une nation de régler avec discernement les plaisirs généraux, de ne pas sacrifier aux influences d'une politique fausse et erronée l'avenir de la jeunesse du pays. Voulons-nous une preuve palpable, que le mal se trouve dans la multiplicité de ces bals, répétés le lundi et le jeudi tirons-la de ces éablissements dont nous n'avons pas parlé, parce qu'ils ne nous offraient pas ce que nous cherchions. Prenons-la dans ces bals qui n'ont lieu que le dimanche. Il y a une distance immense entre eux et ceux que j'ai nommés. Là il n'y a point de force armée impuissante, il n'y a point de ces effrontées bravades faites aux lois les plus sages, comme dans ceux contre lesquels nous nous sommes élevés. Nous y voyons des familles entières s'amuser franchement. Nous y remarquons bien quelques intrigues; mais faut-il interdire complètement aux jeunes gens les amours? ce serait une contradiction. Nous ne voulons que les prémunir contre les écueils d'un libertinage pernicieux; nous ne voulons pas que pour eux la décrépitude soit à vingt-cinq ans, au milieu des ennuis de la vie, funestes conséquences des illusions perdues, qui mènent à cette autre misère, la misère de l'âme, et de là au suicide.